天年放歌

谢开全格律诗集

谢开全 著

南方出版社

图书在版编目（CIP）数据

天年放歌. 谢开全格律诗集 / 谢开全著. –– 海口：
南方出版社, 2023.12
ISBN 978-7-5501-8468-8

Ⅰ.①天… Ⅱ.①谢… Ⅲ.①诗集–中国–当代
Ⅳ.① I227

中国国家版本馆 CIP 数据核字 (2023) 第 151379 号

天年放歌 . 谢开全格律诗集
TIANNIAN FANGGE . XIEKAIQUAN GELV SHIJI

谢开全　著

责任编辑：王　伟
出版发行：南方出版社
邮政编码：570208
社　　址：海南省海口市和平大道 70 号
电　　话：（0898）66160822
传　　真：（0898）66160830
印　　刷：三河市华东印刷有限公司
开　　本：880mm × 1230mm　1/32
印　　张：7.5
字　　数：162 千字
版　　次：2023 年 12 月第 1 版
印　　次：2024 年 1 月第 1 次印刷
书　　号：ISBN 978-7-5501-8468-8
定　　价：69.00 元

送给我的孙女谢即心

七绝·莲

飒爽高风神自在，

莲茎抖擞蕊新开。

心生锦绣乾坤净，

手舞文章太极来。

序 言

这一生最大的意外，就是出了这本《天年放歌》诗集，还是以七律为主的格律诗集。

漫长求学路上，读过上下千百年来的诗词歌赋，也遇到过不少良师益友，羡慕他们会写各种诗篇。当自己做起文学梦来的时候，也写过打油诗、古体诗和新诗，不过不懂格律，缺少诗的味道，除了自娱，根本不可能公开发表。

听教授们讲，格律诗规矩多而严格，就像是戴着镣铐跳舞，寻常文人是做不好的。有诗人提倡格律诗民歌化，也不主张青年人花过多的精力去学习写格律诗。我从来没有奢望过创作七律，工作之余，能写出一首七言四句，就沾沾自喜了。

唐朝时，写作除古风外的古体诗称为格律诗，讲究用典，要求正确使用格律和押韵。当今中小学没有小学（文字学、音韵学、训诂学）课程，一个人哪怕读完高中，如果不靠自学，也搞不清楚格律。大学古汉语里讲格律，但是一晃而过，课时太少，学不透彻。

简单讲，格律就是诗中词汇发音平仄相对变化的规律。声调上面一句"平平"，下面一句就要对"仄仄"，如果失对，叫出律。有人写了多年诗，因为格律不通，写出的格律诗有出律的硬伤。合格的格律诗，声调抑扬顿挫，读来朗朗上口，有自然音韵的美。诗词在古代，配上音乐就能演唱。

现在有了格律在线检测软件，依据平起或仄起的格式，装入作品，再检测错误，可以反复修改到格律无误。一个中等文化程度的人，用一周时间，就可以熟练掌握格律的检测和应用，这是一条很快进入格律诗创作的捷径。

初通格律，创作五绝七绝和填词还行，创作五律七律又不行了。

律诗，八句由四联构成，四联之间要求起承转合，中间两联对仗。一首律诗里要求双对，创作起来非常难。这是许多诗人面前的拦路虎。中国旧式文人，从小读书就背《笠翁对韵》，时常欣赏对联，也写对联。但宋明清代，律诗也不太繁荣，大多数超不过杜甫和李商隐。可见对仗在律诗应用中之难。单对容易出，在同题内容里双对承转就很难，如果用《平水韵》对仗，有时甚至找不到契合的韵脚。

律诗是高品质的艺术，合格的七律是格律诗的皇冠，包含着一个诗人数十年的修养。

七律，从古律发展而来的。开始对仗不太严格，经过"杜李"，工整的对仗成了诗的一种规格。宋元明清律诗不兴旺，一个重要原因是诗人对仗功夫不行。当代诗坛七绝与词大量涌现，比唐宋时期还兴盛，有的甚至比古人的文学艺术性更高。但律诗显得不足。发表、出版的五七律也普遍存在"对仗不工"的硬伤，一看就是费心拼凑，对偶词性不对、词语生硬不说，不少句子意思还与主题无关，说明诗人的对仗功夫欠缺。

其实，现代语言学发展了，许多诗人系统学习了汉语知识，理解了词性和声调的变化规律，就能写出对仗工整的七律。

对仗，又叫对偶，是组合在诗中的对子。能做好对联，也不一定就做得好律诗，因为两联要押上整首诗的韵，语气要流畅，每句每对意义要紧扣主题。这要使用诗的思维和诗艺的技巧，还要用智慧，洞察古今，才能推陈出新，创作出好的优秀的作品。

古人认为：绝句、词，易入，不易工；五七律不易入，但易工。意思是绝句和词容易学，但不容易写好。五七律不容易学，但入门以后容易写好。其实，五七律的关键在对仗。如果通过了对仗关，就容易创作出工整的好诗。

所以，律诗的核心灵魂是对仗。对仗的基础是写好对联。很难想象，没有对联知识、没有对联实践的人，能创作出对仗合格的律诗。

我在创作小说散文集《瓶兰花》的时候，为了换脑筋休息，每天登陆中国原创文学网找对联栏目的编辑对句。后来学了《律联通则》，严格按照平仄对句。三年以后，对句上千，从菜鸟成了熟客，还有了自己的风格。后来到《联都》对句，写了几个联话。这都算是为创作七律做的技术准备。

今天创作格律诗，用古韵，即写诗用"平水韵"，写词用"词林正韵"，我认为主要是为了增加创作的难度。新韵《十三辙》或《十八韵》的通押韵部，使合辙押韵变得容易了，促进了新诗的发展。我们生活丰富多彩以后，一首诗表现的内容多了，就常常发现韵脚的字不够用，这时用新韵就容易解决。写一首诗用古韵还是今韵，我想与一个人唱歌一样：看你能唱通俗，还是唱民歌，或者唱美声。它们之间虽隔着不同的艺术层次，但歌唱家可以任意演唱。诗人修养到家，使用什么形式都不是问题。古人诗社活动，作一诗还限定韵呢！并固定位置限定使用几个字。其实写格律诗也可用新韵，注明就可以了。

《瓶兰花》出书以后，我的思想达到一个新的高度。有一天我发现：以前看过的书，内容忽然就能融会在一起了，常常可以举一说三，形象思维。试一下创作七律，会了。功夫真的在诗外哈！

好诗一定出现佳句。

佳句灵动，像是天成，没有刻意雕饰的痕迹。好比"清水出芙蓉，天然去雕饰"。

灵动起源于灵感。诗人的灵感不是想有就有，也不可能天天都有，它可遇不可求。

我有一个特点：在学习上感悟好于记忆。小学四年级遭遇"文革"，玩野了再上学复课，原来的好记性就变差了。常常课文背不住，诗句记不全。后来大学的考研成绩也不佳。但用于创作，记不住范文反而是一个优点，没有记忆本钱去拾古人的牙慧，就容易摆脱古人思想的束缚，创作出的句子都是自己的话。自己点化出来的诗句，自然生动，容易出现通感，引起共鸣。

七律对仗，单对仗与作对联差不多，不同在对仗要考虑诗韵。《天年放歌》重视传统文化继承，更着意创新发展，不拘一格，不限题材，是生活就可以入诗对仗。例如七律《无题》：

工部祠在杜甫草堂；新都桂湖是杨升庵故居。杜甫有"语不惊人死不休"的诗句。经过整理，提炼，写出了寻杜甫语胆，用"桂湖水"洗涤诗文瑕疵的对句，形象地表现了诗词创作的过程：

> 工部茅亭寻语胆，
> 升庵桂水洗文瑕。

七律《卓文君故里》点化俗语而来的寻常乡村景物，非常有趣。绿草争光开始不关老牛什么事，但结果草长茂盛了，就惹来了老牛：

> 红霞问柳惊雏雀，
> 绿草争光惹老牛。

七律《静默》哲理教化，阐明养心的真谛，流水一般自然，不失诗的味道：

> 光明眼外天生化，
> 善澈心中自助来。

七律《青城山》有神秘的宗教色彩，"藏秘"对"透灵"，玄远高深：

> 暗洞丹书藏秘诀，
> 清宫木案透灵香。

七律《杭州西湖》巧妙活用景点名称入诗，自然无缝契合，文化品位在其中。美而雅，这不就是西湖积淀千年的精神吗？

> 莺啼九曲飞花港，
> 虎啸双峰跌水泉。

七律《西藏日照金山》中，经幡、奶茶是藏家寻常物件，在它们上面寄托善良心愿，美好而灵动，有地方特色：

> 经幡善动平安愿，
> 奶碗轻扬美满烟。

七律《新疆看胡杨》内含边塞诗风，千年情意，可见中华文化存续，古今一脉：

> 羌笛吹寒游子夜，
> 柳琴弹暖坎儿田。

七律《辛丑端午》：爱国是永恒的题材。秦统一，是社会的发展趋势，是历史结果。后代却不舍楚国屈原情怀，人们经过两千多年吟叹，还在继续。真是爱国大于一切：

> 屈子愁眉含楚泪，
> 湘君慧眼辨秦瓜。

七律《弘一法师》用"暑热"和"冬凉"两个词，描写弘一法师一生的两个不同阶段。这是诗的形象比喻，高度凝练，完全不同于文章的铺陈。法师的俗缘起于"风流"，了结于"慧发"：

> 半世风流沾暑热，
> 中年慧发解冬凉。

七律《成都竹》：竹林，在成都平原到处可见，当地叫"竹林盘"。竹，在逆境中生长。生，自强不息；亡，做扁担挑棍，也有用处。鲁迅曾有名句："横眉冷对千夫指，俯首甘为孺子牛。"做牛也是竹的精神：

> 立足虚心伸气节，
> 横肩硬骨做人牛。

七律《夕眺》仔细观察身边生活，体会在日常中配对出来的趣味。"甲鱼"对"孔雀"，多少会让人感到新奇：

> 遇冷甲鱼迟咬饵，
> 临危孔雀急离场。

七律《旧宅》：过什么样的物质和精神生活，要看现实条件，也要看自己如何去追求。困难时期，喝红苕粥，养碗莲，贫而自好，洁身为之：

> 花溪洗菜煨苕粥，
> 锦水澄沙养碗莲。

律诗里的对仗，要求双对，意义上前一对要"承"，后一对要"转"，这就难了。

七律《水仙花》、七律《白海棠》和七律《五彩池》中的双对，无缝承转，紧扣主题，对仗工整。

七律《水仙花》：临近岁末，独有凌波的鲜花、宛如洗浴后的女子，纯洁高雅，被神化为了天仙：

> 青衣素洗幽香女，
> 白冕高歌雅气莲。
> 入水生根开杏眼，
> 凌波散馥接天仙。

七律《白海棠》步《红楼梦》里的诗韵，尝试突破一个民族的婉约闺情，抒发当代放眼世界的豪放情怀：

> 衣穿北极群狐色，
> 气透东方对鹤魂。
> 蜀水连涛循有道，
> 秦云叠絮去无痕。

七律《五彩池》面对真实场景得来的偶句，色彩多变，既顺其自然，又憧憬未来。有意去除污染，表现换新天的环保情怀：

> 冰凝碧岸藏蓝玉，
> 雨洗金湾吐紫烟。
> 白雾无心关旧梦，

乌云有意换新天。

七律《登庐山》：庐山之水，一升一降，天生灵胎，这是庐山的超凡。转而"乘云"虚写，"踏石"实写，虚实结合，形象生动，气势豪迈：

九瀑光烟升彩拱，
三泉雨雾降灵胎。
乘云日暖穿仙洞，
踏石风清站哨台。

作文有凤头豹尾之说。创作律诗，首联和尾联都非常重要。直接开篇点题与委婉比喻起兴的效果是完全不同的。

七律《岳麓山》开篇龙舟直出，接着爱晚亭指点九州，高潮迭起，很有气势：

湘江直出楚龙舟，
爱晚亭台点九州。

七律《蜡梅》形象比喻开篇，利刀在凌厉寒冬中，挑开蜡梅花，突现风骚，其风骨自然不凡：

彻骨寒冬舞利刀，
挑开花瓣现风骚。

七律《观菊》委婉开篇，写出了菊的高贵与傲然，真情愿与桂花联谊，拒绝愚昧与灰尘，择友的态度鲜明：

> 乐在花园等写真，
> 交香桂子拒昏尘。

五律《红峡谷》以"决裂"开篇，放眼千里，用"山开步峡云"的合理夸张，体现了诗的表现力：

> 决裂延千里，
> 山开步峡云。

七律《荷花》结尾尖角才露，却带千仙露；圆叶张开，兴起慧风，诗意未尽：

> 尖芝出水千仙露，
> 一表圆颜起慧风。

七律《袖带玫瑰粉》结尾袖子沾上了花粉，徘徊不归，游春虽晚却未尽兴，诗意也未尽：

> 触香袖带玫瑰粉，
> 白鹤徘徊暮色归。

七律《望月》结尾牵挂不断，欲睡盖被，感觉到窗外又飞霜了，起床凭栏落泪，再起思念。入木三分，写活了缠绵，说不尽的相思：

盖被心牵邻国冷，

飞霜下泪又凭栏。

　　词《祝英台近·秋黄》结尾以"杜鹃""病蛙"作铺
垫，一唱三叹，最后点出断肠的秋黄。感情表达细腻曲折：

杜鹃叫散云烟，

病蛙等雨，

断肠处，秋天黄透。

　　《天年放歌》七律的精华在对仗，词，也有别具一格
的。

　　《千秋岁·西岭雪》是我作过的最流畅的一首词。当时
在雪山之中，来了灵感，词句如泉涌，一气呵成，很有气
势。情景交融，用典也非常自然：

老鸦啼冽。

北国同铺雪。

万山白色凝豪杰。

絮云天盖被，寰宇均寒热。

大飞水，疏空四野飘凌屑。

日月光辉澈。

纯净同心结。

鹣鲽诀，情高洁。

冬冷藏能量，沿道千秋辙。

岭上绝，冰花玉树迎春节。

《沁园春·都江堰古今》后阕向往超凡脱俗，爬山，问道，寻丹；虚空幽生，静看月圆，直到拂尘通玄。若探水问道，这里就有非常的启迪意义：

青城道上寻丹。

气血畅，无忧人等闲。

有，鹤鸣薯药，清宫入境，隐居姑子，太极通玄。

雪化凡间，探幽灌县，破竹空中看月圆。

黄银杏，惹尘埃一叶，坠落前山。

《临江仙·鹤鸣山》：真实的修行生活，静谧高远，幽深。词中虚实相间，写了一个古观生灵，静坐丹成，入道景的过程：

林山白鹤鸣声远，

蜀西古观生灵。

幽深静化点青灯。

听风遮月，跌坐放飞萤。

清宫黑白生无极，

求真道上丹成。

寻仙九室去云亭。

一敲铜磬，惊醒启明星。

《朝中措·自勉》：今生有幸，到过不少名山大川，也游览过西方世界。老来读书，全凭兴趣，自学做天童，觉得书卷气自在，精神境界升华：

> 清茶拾慧，诗书博览，
> 一贯西中。
> 心静自成年少，
> 山人愿做天童。

《临江仙·恋》属当代婉约词风，写青年人过着新旧交替的现代生活，在公园里拿着竹扇赶飞蚊，喝着可口可乐谈恋爱：

> 竹编摇扇扇飞蚊。
> 相牵君手，
> 可乐润双唇。

《贺新郎·当过知青》写知青下乡插队，自食其力，烟熏火燎。一个人生活在茅草屋里，艰苦；夜静，青春初心泛起，难抑孤独寂寞，产生相思：

> 下田地，才知文武。
> 梦上青天追月兔，
> 望河边，隔岸红衣楚。

老四川成都人（重庆直辖前重庆人也是四川人）都可以称为"好吃嘴"，算是平民美食家，完全是遛过街店，吃出来的素质。七律《成都火锅》写得雅俗共赏：

13

银盘叠放千山菜，
木箸拈来四海鳞。
白气锅中捞鸭舌，
麻油碟里蘸鱼身。

《沁园春·成都美食》写民间饮食，大俗：

回锅肉，蒜苗帮甜酱，吃了都彰。

词很少要求对仗，有的名家词里的对仗也不工。所以词的对仗，没有律诗的那么严格工整。但《天年放歌》也没有马马虎虎去对付，而是更加认真对仗。

例如《鹧鸪天·红枫》，不着男女二字，用红袖青衣也表达得非常分明，情景美而优雅：

采莲红袖凭栏笑，
折柳青衣靠岸逢。

世界上最美的，美不过鸟和花儿。养鸟会束缚生命的自由，影响环保；养花却能拓展植物的生存空间，美化城市和家园。我们希望自己的城市是森林花园，也希望自己的家一年四季有鲜花盛开。我喜欢养花。栽花是我几十年的爱好。种过几十种花后，晚年喜爱瓶兰花和朱顶红。我不仅直面花卉的美，还能感受到花的风骨神韵，有"花人合一"的观赏体验。几十首花卉诗，是我内心真情的写照。

《天年放歌》语言精练，诗里一般不用重字，词里一般也不用。一首格律诗，相比其他文学形式，用字是非常少的。如果用几个重字，其语言表现力就被削弱了。中文语汇丰富，一个字义总有几个相同或相近的字义来表达。这是创作格律诗用功挖掘语言潜力的地方。少用或不用重字，一首诗的词义表现深度就有了。

古人说"诗无达诂"，意思是诗没有一成不变的解释。一句诗完全说白了，逻辑是有了，但诗的味道就淡了。诗是形象思维的产物，是借比兴，还有夸张、对仗、排比、双关等语言修辞手段来表现的。诗不是科研论文，不需要完全注释清楚，能够传递一种情感，起潜移默化的作用就可以了。所以《天年放歌》相信读者的学识和鉴赏力，尽可能减少注释，留足读者的欣赏空间。

我创作诗歌，常常走进自然，写眼前所见所想，身在生活的实际场景里，接触当今时代的地气。即使在书房，也把自己置于大山中、碧海前、雨中云中雾中人群中，感知融化创作出恰当的诗句来。

我写格律诗像创作小说散文一样艰难。如果写一座山，我得亲自去游，看它的历史典故，选取最美的风景片段，剪裁后，成为诗。有时一个上午也找不到恰当的韵，或无缝连接的对仗。写一个人，就要读完他的传记、他的作品，选择具有代表性的事件入诗。难的时候，几天也写不完一首。

中国正处在百年大变革的时期，人民生活多样化，社会环境美好，家庭走向富裕。我们可以走出国门，放眼世界了，国力上升给了诗人抒发豪迈情怀的机会。但互联网的快速发展尤其是智能手机出现带来的知识碎片化，"手游"的娱乐化，使完整的知识结构和文化的深入发展成了问题。时代呼唤读者，也要求文学工作者创作出优秀的作品，开拓人的眼界，提振奋发的精神。

在心为志，发言为诗。个人的情感经历是时代给予，喜怒哀乐皆可入诗，但个人的闲情哀怨、牢骚、清高和内心不平，总不及积极向上的国家民族理想，不及时代进步的主流趋势。

《天年放歌》与时俱进，用诗的灵魂感知世界，用诗的语言描述自然，歌颂家乡的美好，咏叹贯穿古今的文化风骨和文人风采，表达高雅的健康的心态，抒发爱国情怀，推崇自尊自爱自强自立自好的人生态度。

七 律

山川河水

花卉草木

历史人物

旅行景物

家乡成都

五 律

五 绝

七 绝

词

山川河水

家乡情

七

律

山川河水

登庐山

庐山暮色爱携来，

古岭苍松聚俊才。

九瀑光烟升彩拱，

三泉雨雾降灵胎。

乘云日暖穿仙洞，

踏石风清站峭台。

鹿院①朱门②书养气，

莲花濯水理新开③。

注：
①鹿院：庐山白鹿洞书院。②朱门：宋代朱熹学派。③理新
开：理学新开一代风气。

岳麓山

湘江直出楚龙舟，

爱晚亭①台点九州。

岳麓②红枫骄橘子，

天空北斗傲寰球。

书生意气融儒术③，

学者星光化国筹。

古院精神今自在，

衡山野雨聚洪流。

注：

①爱晚亭：湖南大学爱晚亭。曾是湖湘有识之士的据点。②岳麓：岳麓书院。③儒术：儒家学术，泛指中国传统学术。

峨眉山

绝顶严寒金塑殿，

高山锦绣散光烟。

凝眉黛涧浮云海，

伏虎①虹溪现佛田。

日出蓝红②天一宇，

精生黑白地双莲。

普贤③指亮拈花夜，

洗象④清音⑤渡客船。

注：
①伏虎：伏虎寺。②日出蓝红：峨眉山金顶日出，会出现蓝
色红色霞云的壮丽光景。③普贤：佛教四大菩萨之一。④洗象：
洗象池。⑤清音：清音阁。

乐山大佛

三江①汇聚荡川津，

大水翻腾苦乐人。

刻凿崖桥安显阁②，

铺连栈道立山神。

天公③一国均云雨，

地对④千村送米银。

露宿餐风临岸坐，

如来日夜度凡尘。

注：

①三江：岷江、大渡河、青衣江。②显阁：据考证，原来建有楼阁罩住大佛。③天公：天公平。④地对：双关，也指做得对。

青城山

九天治水大秦疆，

灌县①城头点火②光。

暗洞丹书藏秘诀，

清宫③木案透灵香。

仙人齐莅黄金殿，

老子孤居紫草堂。

古穴松林留踵迹，

寻幽觅道静心房。

注：
①灌县：现都江堰市。②点火：李冰开凿宝瓶口，点火烧岩石。③清宫：上清宫。

张家界天门山

空门玉界了凡尘，
利水龙刀削土岣^①。
力士堆山光赤壁，
娲皇^②化石亮花银。
擎天拔地虹添景，
静气飞云柱立神。
谷子^③徒儿居九洞，
瑶台顶上拜高人。

注：
①岣：嶙岣，形容山石突兀重叠。②娲皇：女娲。③谷子：鬼谷子，战国时谋略家。

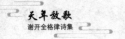

西藏日照金山

光能变色亮金巅，

冻土连绵赤县①天。

雪水活灵流入海②，

冰山净地化生莲。

经幡善动平安愿，

奶碗轻扬美满烟。

跳起锅庄围烈火，

藏香袅绕佛团圆。

注：

①赤县：泛指中华。这里也指光明。②海：当地人称湖泊为海子。

优胜美地^①山

蜿蜒起伏叠花岗，

俯视群峰暮色茫。

彩石千层装峭壁，

黄铜万片饰金乡。

红杉古木支城阙，

玉宇天堂立柱梁。

游客高瞻惊摄影，

光临宝殿入神廊。

注：
①优胜美地：美国优胜美地国家公园。

黄石①地热蒸山（新韵）

谁宣地主热开泉，

气烫飞烟满座山。

火焰乘风烧黑树，

英灵驾雾上青天。

浅池幼木熏焦笋，

大石深崖煮碧澜。

北美汤锅蒸土宴，

貔貅②饕餮③可三餐。

注：
①黄石：美国黄石国家公园。②貔貅：神兽，吞万物，只进不出。③饕餮：神话中的怪兽，特别能吃。这里指大吃。

黄石河

黄石弯弯碧玉河，

春来绿叶进山窝。

丛生小草嫌光少，

远去圆涡想拐多。

谷上龙飞飘海曲，

崖边马踏响江歌。

蹉跎岁月如流水，

孔子心怀逐逝波[①]。

注：

①孔子逝波：《论语·子罕》："子在川上曰：逝者如斯夫，不舍昼夜。"

黄石喷泉

浪打声音碎玉河，

飞来响雨奏高歌。

青光湿润飘云帐，

白日熹微①抚海螺。

岸柳温情迎夏水，

瑶池冷雪化春波。

朝天喷发心忠实②，

地久闲言故事多。

注：

①熹微：指阳光不强的时候。②忠实：指黄石公园里最有名的老忠实喷泉。

五彩池

水亮池塘升异彩，

流光五色染山泉。

冰凝碧岸藏蓝玉，

雨洗金湾吐紫烟。

白雾无心关旧梦，

乌云有意换新天。

龙潭丽景神灵佑，

气爽高阳照暖渊。

尼亚加拉瀑布①

雷公闪电雨飞来，

洗涤尘埃笑口开。

倾水迎头惊女子，

滚河震耳吓男孩。

仰瞻紫气张虹面，

俯惧清波湿粉腮。

一对灰鹅翻瀑布，

精灵合卺②育高才。

注：
①尼亚加拉瀑布：在美国和加拿大边境，两国共有。②合卺：结合，结婚。

四川

黄龙峡谷水流田，

九寨连池地震渊。

雪吻梅颜情入土，

风吹杏面意升仙。

云邀大雁飞秦岭，

酒伴佳人走四川。

古里爬猫瞻蜀锦，

青城问道望江天。

杭州西湖①

西湖柳岸雨如烟，

划桨宽怀让碧莲。

连路苏堤明蜀月，

断桥白雪下杭船。

莺啼九曲飞花港，

虎啸双峰跌水泉②。

品味香茶开素宴，

晚钟入耳欲迎仙。

注：

①诗中提及的西湖风景有"苏堤春晓""断桥残雪""花港观鱼""双峰插云""南屏晚钟"。②泉：虎跑泉。

花卉草木

荷花

炎热氤氲菡萏①聪，

张开叶伞罩嫣红。

蜻蜓绕壁寻花友，

蝴蝶翻墙入绿宫。

古淡清明归佛座②，

今鲜洁雅敬天童。

尖芝出水千仙露，

一表圆颜起慧风。

注：
①菡萏：荷花。②佛座：佛的座位。上面有莲花图案。

水仙花

作别家乡续梦缘，

杯盘石子做花田。

青衣素洗幽香女，

白冕高歌雅气莲。

入水生根开杏眼，

凌波散馥接天仙。

银台①自信随明月，

照顾鸳鸯守岁眠②。

注：

①银台：仙人的住所。指现在舒适的生活环境。②守岁眠：
除夕夜守岁，独有水仙花陪伴入睡。

独柳

独柳清奇华盖运，

粗枝直柱故宫风。

桃柑易结甘皮子，

汗血难凝苦骨功。

面省非须居洞里，

心明必定望云中。

神游四海穿山谷，

静穆寻幽旅太空。

白海棠（步《红楼梦》韵①）

日月仙姑亮入门，

开颜遇冷雪生盆。

衣穿北极群狐色，

气透东方对鹤魂。

蜀水连涛循有道，

秦云叠絮去无痕。

梨山竞艳招红杏，

约会兰亭在夜昏。

注：

　①《红楼梦》限韵"门，盆，魂，痕，昏"吟"白海棠"，是诗社首次活动，一共6首，婉约，抒解闺情。我诗步韵意在豪放。附录史湘云的《其二》："蘅芷阶通萝薛门，也宜墙角也宜盆。花因喜洁难寻偶，人为悲秋易断魂。玉烛滴干风里泪，晶帘隔破月中痕。幽情欲向嫦娥诉，无奈虚廊夜色昏！"

蜡梅

彻骨寒冬舞利刀，

挑开花瓣现风骚。

幽香暗去归芳野，

亮面明来比富豪。

万树冰心收喜信，

千枝冷眼笑春桃。

灵精玉洁天人佩，

齐聚山头对雪高。

幽兰

野在千山喜净轩，

餐风饮露养心言。

天香素雅承芳志，

国气高清出易园①。

淡泊安宁抽绿剑，

幽深俊逸立金藩。

银边大凤②伸长羽，

墨砚君书写纪元。

注：

①易园：以易学理念构筑的园林。成都易园在天府艺术公园西。②银边大凤：兰品种之一。

浣花溪梅花

喜送红云上九霄，

清溪照亮鲤鱼摇。

窗含水岸千枝雪，

院摆花盆万朵娇。

草顶诗人歌破屋，

朱门墨客闹元宵。

东风拂柳川江畔，

正月梅开分外妖。

牡丹

千枝翠叶扶花萼，

一朵金丹聚宠光。

兴起公侯搜国色，

招来帝后嫉天香。

姚黄①绿袖惊寰宇，

魏紫②红衣赞洛阳。

锦里③抚琴歌醉蝶，

织巾绣帕④喜新郎。

注：

①姚黄：著名牡丹品种。②魏紫：著名牡丹品种。③锦里：成都武侯祠锦里古街。④织巾绣帕：牡丹是新婚用品的传统花样。

合欢花

秋寒不惧亮山坡，
扇面团丝触点多。
一树芽苞催夜雨，
千枝叶脉走心河。
花溪日照摇红影，
赤水风光现碧波。
万物无常生秀色，
文君着意合欢歌。

菊①

久雨初晴亮透轩，

陶公远去菊篱喧。

山庄石角铺新土，

锦里金翘出满园。

夏至青蒿甘作药，

秋分寿客愿滋元。

失心迷蝶怨天老，

独有周盈对月言。

注：
①诗中"金翘""寿客""周盈"都是菊花的别称。

紫薇

枝头露水亮朝霞，

帝子①和光下万家。

百日连开夸彩色，

千年继续赛金花。

仙姑爱笑拉红缎，

少女含羞挽绿纱。

一殿君臣争靓丽，

雷来雨打破桑麻②。

注：

①帝子：传说中又称娥皇、女英，尧的女儿。②破桑麻：指衣冠不整。用桑麻的纤维织成的布，可缝制衣冠。

蒲公英

凌空撑起银丝伞，

离岸飞仙发动梯。

浩瀚青云催谷雨，

轻浮黑籽落泥堤。

朝阳①田野寻儿父，

土地天堂许子妻。

命运从来非一定，

生机绝路下桃蹊②。

注：

①朝阳：传说朝阳是蒲公的妻子。②下桃蹊：出自成语"桃李不言，下自成蹊"。

佛手果

佛手黄颜印喜祥，
金公老实透天光。
优身假借通神力，
灾病真离去害秧。
入酒甘心多子嗣，
含香惬意亮厅堂。
无常苦楚生机遇，
硕果端盘供太阳。

春花

翻山越岭换新家，
跨海穿江接彩霞。
杏慕桃红颜自白，
鸠追柳绿眼之花。
茎枝日暖怀优种，
藤子风流结蜜瓜。
一物缘来天作合，
团圆月里抱儿芽。

黄桷兰

阔叶丈夫呈伟岸，
一张巴掌可遮天。
温馨妻子当头盖，
美艳姑娘作项链。
牯岭幽兰承国气，
东篱白菊续家缘。
佳人佩戴真高洁，
暗递芳香妹似仙。

菊兰竹梅

花开四季现灵光，

豪迈多情意未央。

菊隐东篱存气节，

兰来北院散天香。

风吹万竹山摇翠，

雪压千梅岭送黄。

日照秋冬添雅量，

心朝大海眼无疆。

蝴蝶兰

大气精生热带兰，
翱翔暖室满花盘。
庄周化蝶怀幽梦，
孔子编诗续寸丹。
比翼双飞灵谷殿，
安心环绕妙香銮。
天仙自有高姿态，
移步轻摇七彩冠。

瓶兰花

花多白小气如兰，

野外香瓶暗结丹。

万蕊同欢歌蜜乐，

群芳齐振响金銮。

新枝百日呈红果，

老树千年戴绿冠。

四季养心增素雅，

盆栽摄影上诗坛。

蔷薇

藤枝绿岸散芳香，
四月春光显白黄。
野客开张销蜀锦，
皇妃得宠买宫装。
蔷薇七妹多人爱，
菡萏三娘少泪伤。
日照花园家室暖，
吟诗口渴喊牛郎。

家花

居无地院也栽花，
用了房檐置土家。
夜静青莲清淡水，
晨鸣白鸟叫明霞。
春来萼瓣招蜂蝶，
夏至藤枝结枣瓜。
自爱天香书小雅，
黄昏待客煮砖茶。

文竹

翠色飞云一室幽，
纤丝细竹绿心头。
斯文墨客寻光静，
秀美村姑照水羞。
雾起松山消失树，
冰来石壁碰游舟。
轻盈袅袅枝高洁，
直笋新年也自稠。

四川蒙山茶

龙行十八^①盖蒙茶，

雅水灵滋七贡花。

雀舌升清除口苦，

黄芽降火得心嘉。

云流绿叶汤生气，

雪化金杯雾去霞。

五顶莲山成古迹，

皇园^②茗品出农家。

注：

①龙行十八：蒙顶山独有的长嘴壶茶艺表演十八式。②皇园：皇茶园，坐落在蒙顶山五峰之中。峰形似莲花。

阿尔伯克基弯松①

石岭苍松在顶巅，

呼云雾去见风烟。

前头戈壁悬崖旱，

背面青州滴水绵。

蛇蟒生来居暗地，

龙雕躺卧治伤肩。

乾坤太极开初运，

转势成才靠后天。

注：

①弯松：美国新墨西哥州阿尔伯克基市松。生在山顶，长在阴阳界之间。出于本能，大部分倒地，曲折，靠湿润一边生长。

桂花

月夜熏风稻粟黄，

金银桂蕊拥城乡。

嫦娥舞蹈飘晨露，

帝子弹琴接晚霜。

高笋含情怀水玉，

慧兰得意散天香。

开心自省亲缘至，

放眼机灵见紫光。

老子①

大宇无垠一色天，

空灵慧至有真缘。

灰蟾低贱皮生癞，

白鹤高明羽化仙。

否去东升开太极，

泰来北上净心田。

凡人遇祸家园乱，

老子骑牛避俗烟。

注：
①老子：古代智者。作《老子》一书，后来称《道德经》。

老聃

五千老子入凡尘，
几字明开见紫津。
太极转来含辩证，
荧屏闪对显原因。
耕牛别去金銮殿，
土地迎回宇宙神。
战国云浮孤独鹤，
天关静坐炼丹真。

孔子

春秋坎坷野游巡，
论语韦编①遗学人。
弟子多贤明易理，
仁心一善续文绅。
中庸处事书生正，
格物求知术数新。
老骥犹存家国梦，
诗歌七十显童真。

注：
①韦编：出自成语"韦编三绝"。

庄子①

言辞瑰丽说仙人，

妙想奇书省道真。

梦蝶升天能解惑，

跟鹏越海可知神。

逍遥冷邃抒文学，

恣肆幽深度俗身。

戏对浮生寻易化，

南华幻境入关津。

注：

①庄子：战国中期思想家、哲学家、文学家。著有《庄子》
（别称《南华经》）。

司马迁

大殿通天写史篇，
残生①幽室著心坚。
骚人濯水清花发，
笔吏伤龙②入黑渊。
古旧文章排祖绪，
新鲜墨砚绘先贤。
鸿毛不贱凌云志，
独树精神实录年。

注：
①残生：指司马迁受腐刑。②伤龙：冒犯龙颜。说不中听的
话，惹皇帝不高兴了。

屈原

屈子才能作《九歌》，

风骚紫气在山河。

湘君艳美含清泪，

艾草幽香伴碧波。

武士安家言语少，

文人救国赋诗多。

端阳划出龙船渡，

楚地青蒿唱绿坡。

端午粽

投入江河郢水寒，

三湘魂魄拒秦残。

蓑衣裹米加糖蜜，

豆肉包心算肺肝。

发愿昌鱼生帝悯，

追思屈子哭臣殚①。

千年煮粽开船席，

端午人家摆满盘。

注：
①殚：尽，竭尽。成语"殚精竭虑"。

辛丑端午

汨水江滩净白沙,

青蒿萃取结精砂。

菖蒲去秽端阳药,

米粽安康望月牙。

屈子愁眉含楚泪,

湘君慧眼辨秦瓜。

龙舟日息悠游鹤,

艾草呈祥聚大家。

司马相如①

成都古曲激心房，

意入琴声透肺肠。

咏赋风骚臣谏帝，

吟诗典雅凤求凰。

新人卖酒家门耻，

老丈支财市面光。

巴蜀高才通六艺，

邛崃布谷慕鸳鸯。

注：

①传说卓文君听了司马相如的《凤求凰》琴曲，与其私奔到成都，无生活来源，自己开店亲自卖酒。卓文君的父亲以为耻，后来出钱资助女儿，才挽回了家门的面子。

李白

天生一个野诗仙，

有误朝堂醉里眠。

斗酒琴心吟美荔，

千山剑胆壮青莲。

翰林负气离皇席，

帝主怀情给库泉①。

笑别红墙无槛绊，

逍遥岁月赋云烟。

注：
①泉：古钱币。

杜甫在成都

草盖新家绿竹前，
携妻靠友受人怜。
心讥贵妇珠光气，
面苦平民菜色烟。
夜梦华池①温室水，
晨盯古寺冷溪泉。
秋风破屋求高厦，
记得邻居扑枣②天。

注：
①华池：西安华清池温泉。②扑枣：杜甫离开成都多年，还
记得有一个草堂邻居，孤寡，以打枣度日。

苏轼

东坡对酒月宫仙，

肘肉飘香不夜天。

易去西湖清绿水，

难随北国祸同年。

平冈射虎将军胆，

海口开荒举子田。

墨染辞章存浩气，

三苏独步敬先贤。

李清照

女子优生宋帝迁，
先琴后鼓^①坠婚渊。
南歌漱玉声声爱，
水调行香字字怜。^②
夜雨疏风花惜别，
晨曦少菜酒催眠。
兰舟载着珠帘碎，
磨墨填词堵泪泉。

注：
①先琴后鼓：比喻李清照两段婚姻，先如抚琴和谐，后似敲鼓痛苦。②词里对仗的词牌名有：南歌子、漱玉词、声声慢、水调歌头、行香子、字字双。

秋瑾①

离家出海逐风涛，

女子红装带宝刀。

素面深情争义烈，

芳颜硬气竞雄豪。

轩亭大哭诗人泪，

墓塔新书乐府骚。

志士英名垂宇宙，

青松立命比山高。

注：

①秋瑾：晚清革命志士，字竞雄，号鉴湖女侠。32岁就义于
绍兴轩亭口。

弘一法师①

喜鹊衔枝见吉祥，

袈裟脱俗进明堂。

长亭古道言心事，

铁笔今书演戏场。

半世风流沾暑热，

中年慧发解冬凉。

天成引领新文化，

一代高歌谱牒章。

注：

①弘一法师原名李叔同。新文化先驱，富有才华，中年出家。据说降生时，有喜鹊口衔松枝送到产房。

观菊

乐在花园等写真，
交香桂子拒昏尘。
乌云恋夏催多雨，
彩菊羞冬促小春。
唱绽千枝金片玉，
歌开九朵翠丹银。
东篱灿烂天年福，
爱摆英姿拍宝珍。

春日花遇

推门进院见湘君，

满眼欢欣笑紫云。

绿袖金薇通蜜库，

红衣粉蝶扎花裙。

黄鹃吐蕊如兰沁，

黑牡开枝像麝熏。

更喜玫瑰香柳岸，

湖光散彩照诗文。

袖带玫瑰粉

久雨公园湿翠薇，
初晴野岭接光辉。
蓝天懂暖云团被，
绿地知寒叶叠衣。
紫气拂人舒面孔，
黄蕾入眼热心扉。
触香袖带玫瑰粉，
白鹤徘徊暮色归。

新疆看胡杨

三千岁老守苍烟，
一颗初心对碧天。
羌笛吹寒游子夜，
柳琴弹暖坎儿田。
边疆雪絮梳真洁，
库市香梨护脆鲜。
大野来风催绿去，
黄颜自立伴婵娟。

春来言情

春来嫩绿恋光明，

照顾孩儿放彩筝。

气上虹桥飘细雨，

风吹粉树落花樱。

携妻路静串松鼠，

唤女林荫逃柳莺。

半夜甜言还吃醋，

千年枕席听闺情。

春醉

红桃朵朵放江川，
水岸风飘动彩烟。
暗夜无光难辨柳，
黄昏有酒易攀缘。
闲愁迷眼花园囿，
快乐舒心陋室禅。
似醉姑娘由内劲，
摇裙任意舞翩跹。

夏至多情

轻摇碧叶滚珠圆，

夏至青衫满水田。

抢眼飞船男子臂，

遮光打伞女儿肩。

周游摄影留真像，

直播翻屏博彩钱。

拂晓红霞才显露，

妖娆菡萏跃清涟。

秋无趣

金黄稻谷又临秋，

桂子飘香绕枕头。

恋蝶梁兄眉上锁，

思荷李妹泪登舟①。

天蜻短命飞霜早，

地蟪②长生叫月愁。

借住农家无趣起，

搜来枯草逗耕牛。

注：

①登舟：出自李清照"轻解罗裳，独上兰舟"。②蟪：蟪蛄，一种蝉。"蟪蛄不知春秋"，其生命很短，活一个夏天都显得很长了。

冬去春来

蓝天雨洗涤尘埃，

大地霜多几度哀。

雪冻寒梅催雾去，

心携热血促春来。

风摇翠柳求花剪，

鹞①越黄坡拉女孩。

被子余温还眷恋，

长阳暖手试琴才。

注：
①鹞：纸鹞，风筝。

西岭玩雪

秋风暖在锦江东，

大邑山头冻硬鸿。

雪壁珠帘悬水谷，

冰墙玉柱砌龙宫。

哥携白缎翻飞岭，

妹戴红纱跃出弓。

一架天梯登绝顶，

滑翔降落赛神骢①。

注：
①骢：毛色青白相杂的马。

荷上恋歌

蝉声叫响闹池荷，

水面蛙鸣献恋歌。

紫气红花开笑脸，

橙光锦鲤递秋波。

香熏帝子新衣艳，

桂①去湘君旧梦多。

初吻少年羞涩夜，

风吹不走藕丝②哥。

注：
①桂：桂舟，用桂木做的船。②藕丝：活用"藕断丝连"。

荷花相伴

洗尽尘埃入夏宫，
连天绿友伴莲蓬。
丰盈圆面遮光热，
妖娆尖头露瓣红。
鹤叫南河风掠柳，
蝉鸣北海浪惊鸿。
蜻蜓点绕情人至，
阁里端茶对美瞳。

观荷遇雨

河湖夏至绿连天，

菡萏生长热水田。

幼叶红花还苦涩，

成莲白子已新鲜。

擦身净面多流汗，

洗耳清心久坐禅。

海上鹏飞^①千里翼，

携风下雨湿游船。

注：
①鹏飞：出自《庄子·逍遥游·北冥有鱼》："鹏之背，不知其几千里也，怒而飞，其翼若垂天之云。"

樱桃早熟

雨洗凡尘紫气盈，

催开粉蜜养元精。

游园密棣①红花绽，

荡水轻舟白鹤鸣。

癞蛤蝌儿群聚岸，

杜鹃②蛋子独偷营。

清明过后桃梨小，

早熟枝头摘果樱。

注：

①棣：棠棣。②杜鹃：杜鹃鸟，又称布谷鸟，自己不做窝，把蛋下在别的鸟窝里。

拉萨哈达

越岭寒暄披哈达，

高山日照暖藏家。

降央织布描唐卡，

才旦摇筒打奶茶。

稞麦田间铺白露，

灵芝脑上染丹霞。

文成佛眼美人画，

仰视红宫佩玉珈。

三亚游

红霞彩映岛边楼，
碧水晶光极远眸。
慢走南山宽马路，
飞升瀛海小龙舟。
天涯椰树寻情侣，
地角琼花护岭丘。
月下明星留剪影，
沙滩邂逅觅金秋。

老年游

微风白鹤入云天，

半日霞光照雪川。

锦水清波疏远岁，

青城暮色遇同年。

茶香善意迎身好，

气暖真情握手贤。

七十还能游玉宇，

深潭镜面起苍烟。

龙湖初夏

红衣女子系腰裙，

盖碗斟茶茉莉熏。

玉米条须苞养籽，

金兰瓣面蕊滋芬。

莲花碧水生光景，

鸟羽蓝天引絮云。

爷下龙湖观锦鲤，

请人啖荔说唐君。

家乡成都

成都龙泉山

放眼城东望碧空，

春风挤进紫霄宫。

山花金粉人翻彩，

堰水清波浪溅红。

桃扇①留香忧国士，

丘坟遗恨念英雄。

龙泉蜜汁甜宾客，

大凤飞天喷气虹。

注：
①桃扇：《桃花扇》，清代孔尚任传奇剧本。

龙泉今古

列车入洞^①旺龙泉，

大眼低山对凤仙。

丹阁高云提气势，

绿丘净土变金川。

吟经九念千肢佛^②，

并木^③三生一体贤。

阿斗^④书台装样子，

晋公^⑤望蜀手拿鞭。

注：
①列车入洞：地铁穿过龙泉山，直达天府国际机场。②千肢佛：千手佛。③并木：并栢，三棵栢树长在一起。④阿斗：三国蜀汉后主刘禅。⑤晋公：魏司马昭，因灭蜀汉被封为晋公。

幸福梅林

乡村幸福出黄妆，

女子红裙拍照忙。

色秀花光留远客，

风流气息为邻郎。

工蜂采蜜千人爱，

喜鹊衔梅一地香。

雪下冰心凝瑞结，

游园约定送南航。

成都雪

九霄化雨冻高空，

三亿冰凌降下鸿。

雪落蓉城寒透绿，

冬来古里暖飞红。

青羊①半夜观新阁，

太子②全天望旧宫。

北国经常南少遇，

隔窗喜见白头翁。

注：
①青羊：青羊官。半夜雪铺，仿佛建起了新的雪阁。②太
子：民间称太子寺，官称大慈寺。

青羊宫

青羊老子筑高坛，

八卦①烧红炼汞②丹。

玉殿千天求浩气，

清宫一夜得真丸。

幽明击鼓鸣金磬，

黑白团元起紫澜。

羽鹤飞翔临闹市，

风来北斗放光寒。

注：
①八卦：八卦炉。②炼汞：古代一种化学提炼方法。

文殊院

空林寺院点黄香，

佛有袈裟舍利光。

舌血书经真写轴，

田衣秀发细描缃。

迎来素席平常菜，

进去禅堂特别乡。

闹市依然求静定，

苍生离断守心良。

大慈寺

大庙花球四月开，

清明玉宇贵人才。

唐僧削发存先迹，

圣帝书牌挂古台。

佛语禅拳身换髓，

天言慧足脑生财。

观瞻进寺摸灵壁，

锦绣光华数未来。

杜甫草堂

再上高楼望佛堂，

青砖石壁露红墙。

花溪贵客寻香处，

草屋流民诉苦乡。

律绝牵心愁国运，

离骚负气出文章。

村夫有泪江山哭，

玉宇光明雅颂昌。

成都竹

笋剥毛衣四季幽，

成林碧绿护家丘。

平原直挂霞云布，

坡地丛生草叶绸。

立足虚心伸气节，

横肩硬骨做人牛。

分身篾片织名器，

一日情深度九秋。

成都火锅

火烫红汤坐食神，

天然料理爱川人。

银盘叠放千山菜，

木箸拈来四海鳞。

白气锅中捞鸭舌，

麻油碟里蘸鱼身。

黄昏大侠①尝鲜味，

隔夜还含满口津。

注：
①大侠：蜀大侠，成都有名的火锅连锁店。

成都家常菜

早起茗糜①齿上香，

平衡气血润心肠。

盘餐②鸭兔寻风味，

饭店鸡鱼配古方。

锦里桃酥留表姐，

春街③米酒敬家娘。

门房大侠加灯火，

斜映枝头透绿光。

注：
①茗糜：红茗粥。②盘餐：盘飧市。③春街：春熙路。

莺姑

高楼外面白梅开，
准见莺姑每日来。
一曲山歌扬锦里，
三回扇舞动琴台。
天年快乐离忧苦，
岁月安康忘老哀。
银发精神随意玩，
公园聚会扮猴孩。

卓文君故里

日落邛山静土丘，

轻风抑郁上平楼。

红霞问柳惊雏雀，

绿草争光惹老牛。

主外新夫挑水远，

居家少妇煮糜稠。

文君故里添孤雁，

一个男儿一个愁。

旧宅

草盖平房古寺边，
邻居杜甫好诗篇。
花溪洗菜煨苕粥，
锦水澄沙养碗莲。
竹笛横云飞雪岭，
瑶琴竖雨去尘烟。
家寒借读灵均①赋，
学会填词付管弦。

注：
①灵均：屈原，字灵均。

感悟托志

无题

拳如闪电气成霞，

笔下飞龙墨染花。

工部①茅亭寻语胆，

升庵②桂水洗文瑕。

望江斑竹遮涛泪③，

莅堰菱窠④揭蜀疤。

日月双修诗运起，

和光⑤挫锐得心嘉。

注：
①工部：杜甫草堂内工部祠。②升庵：杨慎，明代状元，家居新都桂湖。③涛泪：薛涛泪。薛涛是唐代女诗人。④菱窠：李劼人故居，在成都东门外。⑤和光：见《老子》"挫其锐，解其纷，和其光，同其尘"。

无题

入世方知坎坷伤，
中年诀别是非场。
青灯静点除虚愿，
墨菊高开喜艳阳。
出水红莲真善面，
穿云皎月淡清光。
飞歌读写平凡事，
感念慈悲会吉祥。

无忧

中年写作觅心宽，

野外遛弯看地兰。

养气青灯明净路，

生光赤鼎冷凝丹。

灵安一塔归魂魄，

梦在三山壮胆肝。

易髓①挥拳掀闪电，

无忧骤雨坐莲磐②。

注：
①易髓：出自《易经》"易筋换髓"，指经过脱胎换骨的磨炼，改变人生状态。②坐莲磐：磐，磐石。莲磐，刻有莲花图案的磐石。指意志坚定。

静默

默视银河泰斗开，

长空智慧去尘埃。

光明眼外天生化，

善澈心中自助来。

濯水莲花清气节，

游仙玉柱亮瑶台。

修身励志多艰苦，

孟子斯人①是国才。

注：
①斯人：出自《孟子》"天将降大任于斯人也，必先苦其心
志，劳其筋骨"。

禅定

生来困苦落凡尘，
觉悟光明得宝珍。
烈火烧柴焚俗体，
浓烟送气化真身。
灵魂有愧招幽梦，
铁汉无忧见紫神。
佛塔安居禅定地，
山林静坐意虚巡。

夕眺

满眼新枝嫩绿光，

微风拂面暗来香。

繁花落瀑铺红壁，

野鹤飞云过粉墙。

遇冷甲鱼迟咬饵，

临危孔雀急离场。

天童爱惜春阳短，

远眺山林卸老妆。

老年春

一树红梅香北院，

清轻细雨麝微醺。

兰棠美艳书春信，

鹤鹭温馨排雁文。

野岸芽苞开柳叶，

山坡萼瓣起花云。

锦江戏演天仙配，

大圣偷桃换虎裙。

望月

天宫皎洁亮生寒，
辗转头昏剩酒残。
后羿搭弓寻彩凤，
嫦娥服药化青鸾。
银光入眼双腮醉，
月桂开颜万口欢。
盖被心牵邻国冷，
飞霜下泪又凭栏。

老年登山

踏上山巅激自豪，
身长万尺听松涛。
天虚目视千峰小，
气畅心知一树高。
放远凌云舒雅志，
争雄旅雁拍风骚。
婵娟寂寞翻银袖，
思念家乡敬寿桃。

围棋

驰骋方枰出手乖，
匀圆黑白摆胸怀。
三星布局天元镇，
九点连营虎口街。
可定输赢先数子，
能知落败后摊牌。
腾挪打劫双飞燕，
守住中盘气眼谐。

妆盒

时髦女子选新妆，
耳下轻摇翠玉珰。
遇喜红唇张笑面，
相欢白口对朝阳。
珍珠碧海迎生命，
玛瑙青城养道光。
镜盒胭脂添底粉，
谁知岁月似风霜。

筷子

金银竹木化双身，

贵族平民手上臣。

玉箸皇宫拈凤雁，

瓜瓢草屋舀蒿莼。

南尝水面浇①清口，

北品汤包汁喜人。

饕餮千盘寻至味，

三餐不缺数家珍。

注：
①浇：浇头。煮好面，入碗后，浇在上面的肉、菜或汤水。

泸州酒吟

银瓶入口画如仙，

一五三杯促月圆。

特曲泸州生紫土，

轻歌赤水酿清泉。

川姑素手斟香液，

贵子红颜饮玉涎。

把酒青花求对影，

高光奢简度天年。

雄鹰

银鹰展翅上山巅，
疾速扶摇背碧天。
万箭金光开慧眼，
千毫白羽出云肩。
雀莺胆战藏窝洞，
鱼鳖心惊躲壑泉。
利爪扬威安峻岭，
翱翔戈壁度新年。

狼毫毛笔

洗选毫毛聚宝身，
心明纸上写风尘。
凡人日记存良善，
隐士天书去恶仁。
点染朱砂成玉蕊，
勾填黑墨现江津。
游龙缓急随君意，
笔走千山出画神。

五

律

太极

太极出山林，
圆周运古今。
云团推手妙，
马步动身沉。
眼亮幽玄远，
心明浩气深。
游春人聚集，
老子独轻吟。

闲猫

解甲归田院，
游园趣味高。
阳光传热量，
雨露养仙桃。
斥鷃①鹏飞笑，
灰狼虎去嚎。
远离蛇鼠地，
自爱立风骚。

注：
①斥鷃：出自《庄子·逍遥游》。小鸟嘲笑鲲鹏的飞翔。

红峡谷①

决裂延千里，
山开步峡云。
石沙存雨水，
骨肉断崖筋。
血色呈天险，
红光映地焚。
女娲无计补，
大谷骇人君。

注：
①红峡谷：美国科罗拉多大峡谷。

圣塔芭芭拉海边

苍茫帆下静，

大海碧连天。

水线混光子，

霓虹溢彩烟。

滩涂看月缺，

凤鸟议婚眠。

汽艇携双对，

几多爱可延？

大峡谷石松

来年高一寸，

百岁未成公。

树立山崖尽，

根长雨水穷。

苦难枝许愿，

生死叶随风。

枯瘦承天命，

青烟淡碧空。

黄叶

干皮呈老黄，
晚岁耀金光。
叶萼扶花朵，
凌霜润肺肠。
云招风雪雨，
土化药肥糖。
日月长生息，
无心论夕阳。

五

绝

醉（新韵）

十五愁云伴，
端杯贿酒仙。
飞身遮半月，
对饮晃千山。

黄昏（新韵）

薄霭青山远，
浮萍暖水深。
乡村蛙叫静，
烧艾阻飞蚊。

尼亚加拉瀑布（新韵）

涛声震九天，

落水下云帘。

地上三千丈，

如来大雨衫。

戈壁雨

雨少肥蒿草，
云稀瘦柳枝。
清晨来叶露，
戈壁石无知。

藕

叶子张开伞，

清幽一片天。

何溪流客泪，

断臂藕丝连。

落日

西方辞落日，
血色染红天。
作别休挥泪，
归来有紫烟。

七

绝

桂花

桂蕊飞云暖水湾，

秋君动手洗香颜。

童心碎梦流沙岸，

入酒①拈花②在谷关③。

注：

①入酒：泡桂花酒。倒装用法，实际应为"拈花入酒"。②拈花：拈花一笑，心领神会。③谷关：函谷关。

庚子年雨水

开窗黑幕见天悲，
水满池塘桂子疲。
夸父①吞云才止渴，
藏冰北极九州熙。

注：
①夸父：出自《山海经》神话故事。夸父逐日，渴，饮河水
渭水不足而干死。

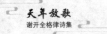

山川河水

千秋岁·西岭雪（欧阳修体）

老鸦啼冽。

北国同铺雪。

万山白色凝豪杰。

絮云天盖被，寰宇均寒热。

大飞水①，疏空四野飘凌屑。

日月光辉澈。

纯净同心结。

鹣鲽②诀，情高洁。

冬冷藏能量，沿道千秋辙。

岭上绝，冰花玉树迎春节。

注：
①大飞水：大邑西岭前山景区。②鹣鲽：传说中的比翼鸟。
喻夫妻情深。

124

临江仙·鹤鸣山（李煜体）

林山白鹤鸣声远，
蜀西古观生灵。
幽深静化点青灯。
听风遮月，跌坐放飞萤。

清宫黑白生无极，
求真道上丹成。
寻仙九室①去云亭。
一敲铜磬，惊醒启明星。

注：

①九室：明皇朱棣下诏寻找鹤鸣山修道的张三丰，还修了一个迎仙阁。张三丰隐而不见，在石壁题写了："三丰隐者谁能寻，九室云崖深又深。"

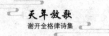

沁园春·都江堰古今① (苏轼体)

古蜀岷江，日化飞凌，玉垒云天。

现，二王香火，安澜求渡，离堆白浪，普照开关。

太守飞沙，游龙导水，旱土平原成稻田。

秦仓满，士兵强无敌，六国全颠。

青城道上寻丹。

气血畅，无忧人等闲。

有，鹤鸣薯药，清宫入境，隐居姑子，太极通玄。

雪化凡间，探幽灌县，破竹空中看月圆。

黄银杏，惹尘埃一叶②，坠落前山。

注：

①本词景点：二王庙，安澜桥，离堆公园，普照寺，飞沙堰，青城山，鹤鸣山，上清宫，灌县老城。②尘埃一叶：借用"本来无一物，何处惹尘埃"。

临江仙·青城道上（李煜体）

林间迈步幽深道。

踏山惬意逍遥。

藏经鼓眼见先尧。

上清宫里，敲磬静心涛。

云团化雨千千岁，

人生独有今朝。

江溪洗手退辛劳。

立身峰顶，心比大雄雕。

临江仙·冬恋（张泌体）

柳枝垂叶随风尽，

又来白雪阴空。

夏装才入柜箱中。

夕阳无力，犹恋雨霞红。

孤鹤夜寒栖树顶，

江河蟹尽鱼穷。

声嘶一句面朝东。

点头嘘暖，情系锦江冬。

沁园春·西岭雪山（苏轼体）

西岭鸣鸦，五彩蛙潭，日月接天。

现竹溪獐子，金猴怪状，云飞鹰影，红石凌仙。

杜甫神来，名声贯耳，古寺推窗看雪冠。

徐霞客①，见奇登顶险，酒饮安然。

琼花玉树冰兰。

白絮垫，春芽寒里眠。

有杜鹃成朵，松身立伞，老师开道，静水成渊。

万水同颜，千山一色，瀑布亲情凝冻泉。

冬收敛，暖风冲狭隘，盼望明年。

注：

①徐霞客：明代地理学家、旅行家、文学家。传说徐霞客登
西岭雪山遇险，喝了当地人送的酒后才安全下山。

踏莎行·西岭雪山（晏殊体）

洁白轻烟，穿衣透冷。

西山顶上松留影。

北归儿女唱云飞，

歌声动地开冰杏。

一色冬衣，千年赋兴。

凌花雪树多风景。

芽苞暗喜冻苍蝇，

梅香沁满西窗岭。

行香子·青城后山（苏轼体2）

峡五行龙。

云下山松。

遇金娃，高瀑飞虹。

泰安唐寺，茶马相逢。

水帘泉洞，梳妆浪，入仙宫。

蜀王土在，江涧流东。

古川人，引水丰功。

谷幽灵感，得道成聪。

外来游客，宁静看，面从容。

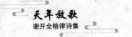

念奴娇 · 三亚行（苏轼体）

旭光万里，岸边明海底，珊瑚留迹。

大陆椰林秋果熟，热带海云连碧。

喜宴天涯，南山人密，蝴蝶临春①觅。

天堂桥屋，众星曾住演剧。

伴月冷酒生忧，满杯多醉，影子知何逸。

日照去邪升浩气，今世已成多极。

半夜凌云，归家西去，离岸升帆翼。

水深鱼悦，亮灯惊起孤鹬。

注：

①临春：三亚市中心公园。

浪淘沙令 · 三亚观音（李煜体）

日照白松沙。

水岛披霞。

南山直路达天涯。

百米端庄仁爱佛，是女如娲。

天地慕袈裟。

热带琼花。

临春楼阁送风华。

面海独居云上界，高等殊佳。

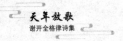
家乡情

沁园春·成都美食①（苏轼体）

平日家常，适口山珍，饭馆堂皇。

有，樟茶鸭子，盘飧卤菜，芙蓉鸡片，荣乐膏汤。

努力东坡，麻婆豆腐，芽菜金钩调味香。

回锅肉，蒜苗帮甜酱，吃了都彰。

南台月饼留芳。

水井酒，文君司马坊。

点，松茸鱼块，夫妻肺片，粉烧鳝段，火烤全羊。

白煮红烧，繁多作料，八角椒盐葱蒜姜。

养生宴，品清鲜淡腻，本味呈祥。

注：
①词里餐厅饭馆有：盘飧市，荣乐园，努力餐厅，东坡酒楼，陈麻婆豆腐。

八声甘州·成都十游①（张炎体）

国庆欢乐十处巡游，光照重阳秋。

桂湖莲米老，泥沱水急，锦北门幽。

疾走青龙湖岸，汗滴望江楼。

杜甫花溪壁，看字多忧。

省博馆寻常见，问千年古器，几在西欧？

喜天回植物，黄叶落斑鸠。

过龙泉，上高台眼，望飞机，老也不甘休。

怀良愿，说人民菊，荡水摇舟。

注：

①国庆"大假"成都十游：新都桂湖，泥巴沱公园，青龙湖，望江楼，杜甫草堂，浣花溪，省博物馆，天回植物园，龙泉丹景山公园，人民公园。

望海潮·数成都①（柳永体）

窗含西雪，平原都市，成都物产光华。

崇丽九天，花楼万佛，诗人四处宜家。

青竹立平洼。

堰江放岷水，蔬果俱佳。

锦里春熙，桂坊宽窄卖香茶。

盆栽谷壑千芽。

爱芙蓉树子，粉色桃花。

餐饮放麻，开心散打②，吞云吐火③川娃。

专列上高丫。

台眼看新蜀，身染红霞。

太古高新矗立，天府我来夸。

注：
①词里景点地名：望江公园崇丽阁，塔子山公园九天楼，百花潭公园散花楼，草堂寺里万佛楼，都江堰，锦里，春熙路，兰桂坊，宽窄巷子，丹景山观景台，太古里。②散打：成都李伯清开创的新式评书。③吐火：川剧表演形式之一。

念奴娇·新成都 (苏轼体)

千丘碧绿，塔机安简驿，鸟飞无迹。

丹景山中团紫气，藐视一天魔力。

三岔湖深，东风龙进，空客凌云集。

新区如画，阁桥亭里矗立。

地铁启动城东，一山两翼，大雕飞新邑。

凤舞仙桃歌未尽，老子春熙今夕。

辟地开天，共工①何去，扬李冰②胸臆。

锦江花鲤，翻身迎接红日。

注：
①共工：传说与颛顼争帝位，怒而触不周山，天柱折，地维绝。②李冰：秦蜀太守，开都江堰。

满庭芳·望江楼竹（黄公度体）

九眼朝东，高崇丽阁，水边白鹤悠悠。

万千丛竹，青叶永年幽。

孔雀①留诗井壁，清波汇入川流。

唐笺②粉，泉香古屋，女上校书楼。

篁③稠。

生有节，虚心自立，风格高优。

象形奇，尾巴鸡爪人头。

泪滴伤心绿海，悲歌濯锦楼忧。

成都画，清明快乐，喜悦染筹④牛。

注：
①孔雀：薛涛在诗坛的称号。②唐笺：薛涛制，粉色。③篁：泛指竹。④筹：竹皮，泛指竹子。

朝中措·成都人民公园（欧阳修体）

人民菊展送金秋。

杨柳自悠游。

七色万枝热闹，

碑高直立飞眸。

河亭①在侧，军门②府邸，遗迹无留。

宽窄已翻新屋，

魂游李白花楼③。

注：
①河亭：金河亭，新建。②军门：清代将军衙门。③花楼：唐锦江散花楼。今散花楼在百花潭公园旁边。

满江红·年饭（柳永体）

雪后长阳，西园静，幽兰出苑。

黄草地，紫烟清淡，海棠林灿。

纸鹞飞升牵绞线，疏枝萌动催芽眼。

早梅白，千里盼东风，开花剪。

成都好，新貌显。

多物产，人良善。

赞青城幽畔，碧天云演。

三水①船头瞻石佛，

四姑②雪顶祈心愿。

家客回，祝岁月平安，端年饭。

注：
①三水：四川乐山三江。②四姑：四姑娘山。

疏影·成都北木兰山①（张熹体）

三河水淼。

岸上多植树，云淡飞鸟。

北面山峦，残了黄牛②，一寺高横峰峭。

乡村办学风潮起，倒佛像，慧离休照。

庙里生荒草，惊魂岁月，理无明了。

公社歌声响亮，退林种玉米，麻雀惊闹。

麦草铺房，缺地疏粮，又去知青添舀。

改天雪后春梅到，县入市，地开新貌。

洗旧尘，桂宝③光生，话北外新都好。

注：

①1974年，我插队新都县木兰公社，对黄牛山和木兰寺有特别情怀。②残了黄牛：挖泥烧砖，黄牛山不完整了。③桂宝：新都桂湖和宝光寺。

江城子·四川大学中学部（苏轼体）

望江楼阁竹边亭。

校园宁。育精英。

小学生来，靴套①在文明。

书读三年圆孔梦，无领慧，有名声。

理科头脑弄诗经。

夜枯灯。

久非成。

枉自知青，听老子叮咛。

又找原因探玉宇，

深思想，旭光升。

注：

①靴套："文革"三年后，小学毕业生云集。大学办中学叫"穿靴"，小学办中学叫"戴帽"。后来，川大恢复招收大学生，中学部只办了一届。

江城子·成都合江亭社区（苏轼体）

合江亭上日光明。

水波平。岸红樱。

一只金莺鸣叫在花厅。

音乐广场歌舞起，郎自信，

女轻灵。

石廊桥①面亮银屏。

紫黄橙。

散飞萤。

兰桂坊街，高厦夜游城。

古里店新临大寺，

人攒动，看猫萌②。

注:
①廊桥：安顺廊桥。②猫萌：指太古里熊猫爬墙景观。

浪淘沙令 · 海南岛美食（杜安世体3）

海里虾蟹，味鲜人宰。

集中魂断入楼台。

拼盘飞快，红方大块，酒来腥解。

口口含姜芥。

果蔬同在。

白皮番鸭煮莲鹅，

文昌鸡嫩皇宫赉①。

吃完一山黛。

注:
①赉：赏赐。

烛影摇红·杜甫与成都草堂寺① (周邦彦体)

古塔千年，草堂亭上文星灿。

佛楼②原础立花溪，草屋来神伴。

篁竹不平多善。

泪斑斑，高松自叹。

万山常翠，刻石丰功，唐风古典。

诉怨朱门③，路旁冷雪何人铲。

茅飞荒野过沟林，屋漏青天显。

家国安宁不见。

思明天，三餐缺饭。

几年艰苦，坐望西窗，饥寒朝晚。

注：

①本词为竹鸣不平。杜诗有"新松恨不高千尺，恶竹应须斩万竿"。②佛楼：万佛楼，2005 年在原基础上重建。③朱门：漆红颜色的门。指富户大宅。

蝶恋花·苏堤（冯延巳体）

北上桃花南下柳。

堤顺风流，历代诗文友。

苏子为湖书上奏。

淤泥筑岸清塘垢。

夕照雷峰红叶藕。

春晓三潭，白菊千年秀。

灵隐月明杯对酒。

香烟久绕重霄九。

卜算子·麻雀（苏轼体）

细网起苍黄，
一瞬群飞静。
小个孩儿逮捕来，
叫唤惊鸿影。

刚烈绝食虫，
硬骨由心性。
撞破毛头不愿生，
就义孤身挺。

卜算子·人民公园菊展（苏轼体）

久雨日来归，

锦水霞飞到。

早晚霜寒又重阳，

一地繁花早。

陶令远回门，

诧异东篱闹。

七彩枝头笑脸开，

老友风姿俏。

沁园春·芳花（苏轼体）

飞雪梅开，破雾山黄，满树放香。

见月明云淡，晨风拂柳，山青泉白，晓雨滋秧。

杏李含芽，墨兰献蕊，院子空空来暗芳。

蔷薇壁，杜鹃依依路，个个红装。

龙湖落户家乡。

水蕴气，云团生吉祥。

赏牡丹堂亮，芙蓉大气，睡莲圆正，伊丽①红光。

产蜜工蜂，翩翩恋蝶，一世飞来花未央。

秋来客，见东园菊旺，桂子如常。

注：

①伊丽：月季伊丽莎白。

千秋岁·蜡梅（欧阳修体）

蜡梅黄彩。

岭上成花海。

小寒一日阳光泰。

雪飞登白顶，清气冰心解。

暗香透，山林冷艳逍遥在。

独领风骚采。

大国呈豪迈。

新主角，高天界。

冬夜藏深意，独立真姿态。

俏丽后，春花绽放红天外。

千秋岁·蝴蝶兰（欧阳修体）

蝶飞迎接。

比翼红颜列。

一年绽发香春月。

气生根吸水，君子心虚设。

祝英梦，梁兄昼夜翻书帖。

学习千篇绝。

告白浑身热。

何不诉，空言别。

虫化生闺意，倾吐无灵舌。

演戏曲，流芳万世歌情洁。

千秋岁 · 甘蔗（欧阳修体）

齐高排列。

坚实心高节。

晚秋上市由人截。

蜜蜂甘酿蜜，桃子红颜折。

富糖果，伤身碎骨供心血。

食药清愁结。

降胃平炎热。

退一步，看天阔。

山岭黄梅烈，冬冷穿衣捷。

来满月，明朝日出孤灯灭。

千秋岁·丁香花（秦观体）

路边群舍。

灌木青青野。

街绿化，篱笆架。

单株成植树，枝叶高墙瓦。

丁似米，暗香沉闷如奇麝。

万朵齐开也。

飞雪朝天泻。

伸远志，凌云者。

日光推彩色，梦起黄昏夜。

春意乱，无名小草无人写。

西施·龙泉桃花（柳永体）

满山风暖粉花丰。

小妹在林中。

树前蜂引，道路客人重。

岭上花开，

笑脸迎稀客，水上染桃红。

友人二月包山店，

龙泉乐，叫相逢。

日光灿烂，紫气热苍穹。

夜雨来临，一醉芳魂处，孕喜在春宫。

一剪梅·桂子（周邦彦体）

桂子秋风醉小乔①。

千树同熏，暗递山椒。

黄衣金曲舞徘徊，

高兴年轻，蜜语相邀。

月夜嫦娥把酒聊。

隔海神交，十五来潮。

天明蜂蝶点新歌，

一曲开怀，乐在今朝。

注：
①小乔：三国时有大小二乔。指美女。

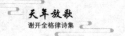

一剪梅·樱桃（周邦彦体）

雪化春来早笑欢。

无叶条枝，蜜语争言。

寻芳留念化云烟，

桃李先前，烂漫遮天。

白瓣①多言问许仙②。

古巷人间，锦绣凭栏？

飞花铺路几街鲜？

下月丰年，熟果堆盘。

注：

①白瓣：樱桃花白。②许仙：活用《白蛇传》故事，白娘子
问许仙。

桂枝香·雨桂（王安石体）

隔窗数雨。

旅客久不归，江水呼禹。

庚子年多落水，叶繁花惧。

黄莺不叫花园桂，捉虫忙，雀跃无语。

偶然阳起，馨香透壁，快人吟句。

野岸满，旋波水屿。

泛浪漫平川，群鹤忧虑。

千树争芳，尽管短时晴煦。

一丘蜜橘青山醉，

应将光阴伴情侣。

酒来杯举，歌声轻起，少年携女。

长相思·樱花（欧阳修体）

海棠红。绿叶枫。

桃李山前香味浓。

佳人卷暖风。

樱花丰。雨来冲。

泥地芳菲落魄同。

无言看太空。

蝶恋花·朱顶红（冯延巳体）

最爱朱红高玉柱，

无绿缠绵，四处芳华侣。

休把目光移柳絮，

随风落叶飞花语。

杏李无言求大雨，

青叶齐来，满地春妆女。

林暮路边逢俏遇，

清明月亮开心聚。

洞仙歌 · 朱顶红（苏轼体）

三春直顶，艳红开多面。

日本荷兰首先选。

一根球，祖在南美幽林，

秀世界，中国阳台灿烂。

土洋名石蒜，多少无常，

人视亲疏断良善。

野种独生纯，育杂交繁，

基因窜，粉同花乱。

栽播籽，千天可成仙，

莫说久，如来道家清殿。

青玉案·沙枣（贺铸体）

居家戈壁栽沙枣。

一树果红多俏。

夜雪天晴秋日杲。

暖冬甜聚，赤儿朱宝。

品过才知好。

天宫大圣偷桃咬。

紫府天光火烧脑。

地远人无知野老。

万千云雾，洗尘解套。

何日真明晓。

鹧鸪天·红枫（晏几道体）

叶赤西山一季同。

开心庄子醉仙公。

采莲红袖凭栏笑，

折柳青衣靠岸逢。

归夜梦，忆芳容。

几番冬雨气寒枫。

今朝大雪看君漫，

还想黄梅俏暖冬。

西施·芙蓉花（柳永体）

古城郊外树花多。

月上美嫦娥。

粉红千面，色艳递秋波。

俯瞰群芳，

自立高姿态，彩照喜天鹅。

草堂也有东篱菊，

遥相望，唤飞蛾。

瓦盆有限，无力越丘坡。

雨露丰滋，

乐在重阳处，锦江遇艄哥①。

注：

①艄哥：艄公，掌舵的人，泛指船工。

一剪梅·彩花（蒋捷体）

我剪金莲挂彩佳。

春在君家，冬在君家。

莺歌燕舞美人嘉，

歌是梅花，舞是梅花。

双坠轻摇思玉珈。

城内蒹葭，城外蒹葭。

江河晨日染红纱，

三亚红霞，武汉红霞。

一七令·花（张南史体）

花。花。

新绽，婚家。

新春夜，水仙嘉。

幽兰在岭，佛印朱砂。

杜鹃山海谷，光艳映天涯。

杭菊古方泡水，三潭印月端茶。

邂逅佳人桃杏下，一园亿朵染红霞。

一七令·蜡梅（张南史体）

梅。梅。

冬美，芳飞。

家凝雪，笑幽闺。

冰清玉洁，一地光辉。

杏桃开俗套，谁冷去张帏？

奇士卧薪尝胆，诗人失意吟薇。

不恋春风花满地，独香一殿气皇妃。

一七令·竹（张南史体2）

竹。竹。

笋生，连族。

遍山林，遮盖屋。

直节苍劲，风摇动足。

连篇是简书，群立无家秃。

飞刀破片成器，身板农夫运谷。

沥清汁液护平安，纤化纸张能替木。

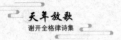
四季风光

烛影摇红·春来气善（毛滂体）

柳岸芊枝，

草青寒地晶霜浅。

佛兰开动现陶盆，

一袭幽香殿。

坡上菜花遥远。

见黄蜂，箱中蜜满。

水仙优雅，

白鹤乘风，春来气善。

祝英台近·秋黄（程垓体）

菊无愁，兰幽久，香桂子蒸酒。

蜂递交通，飞语传千口。

蝶飞自在悠悠，蜻蜓挑逗。

鸟去了，一时魂走。

子年幼。

难辨花色春风，翻窗戏绿袖。

水合泥沙，哪管李桃瘦。

杜鹃叫散云烟，

病蛙等雨，

断肠处，秋天黄透。

西施·落叶（柳永体）

雪凌冰冷一山穷。

叶落透天空。

万千枝箭，直接射寒冬。

日浴光辉，

杀菌清虫害，雨洗面从容。

弃黄化土肥青草，根相遇，利花浓。

量能转换，生日记初衷。

大地回春，

再见阴凉处，你我又重逢。

一剪梅·金秋（吴文英体）

大菊花开金映秋。

书约黄昏，共坐方舟。

水平如镜鹭飞游。

灯亮花溪，红影温柔。

老叟清闲何所求。

寿客离愁，斗米无忧。

手拿毛笔写林幽。

山上勾留，云下风流。

暗香 · 采莲 (姜夔体)

圆圆大卉。

伞在高顶点，空茎通气。

直直苞头，菡萏开怀露心子。

斗艳红衣献礼，风伴舞，表情含意。

在亭边，媚女牛郎，挽手汗唇腻。

歌起。

客船止。

素面姑采莲，眼睛旁睨。

叶间小眯。

清液出瓶比甘醴。

蓬下阴，光手臂，捞鲜藕，鱼鹰追鲤。

划白浪，穿碧里，到家雀喜。

水调歌头·看菊展（苏轼体）

才去采莲日，又到菊开天。

一班朋友云集，歌曲震公园。

水港船摇人乱。

柳岸抬头顶汗。

肩上万重山。

更有水芝①树，高处笑金丹。

玉盘面，圆黑脸，秀之餐。

鹤鸣②渴饮，围坐喧闹耳何安？

瞻望花溪崖壁。

力刻千枝诗笔。

世界共同观。

再聚龙泉眼③，云手写涛笺。

注：

①水芝：芙蓉花。成都市花，大朵的像牡丹。②鹤鸣：人民公园著名茶园。③龙泉眼：龙泉丹景山公园观景台。

虞美人·新年无愁（李煜体）

核桃莲子花生枣。

硕果多珍宝。

冬阳半日冷依然。

风腊满窗香味等新年。

热巾暖枕温馨在。

膏冻双唇解。

美人眉上画无忧。

可是欢颜开笑断闲愁。

虞美人·暗香来（李煜体）

寒冬暖室窗帘晓。

暖气温皮袄。

瓶梅露蕊透真言。

香沁入心端酒醉新年。

青歌唱起高音快。

天后来风采。

爱卿晴日去闲愁。

柳下西湖摇水荡轻舟。

西江月 · 冬去（苏轼体）

冷化阴天细雾。

冬寒冰水平湖。

渔船上岸困鱼凫。

无望清明江渚。

久等桃花诉苦。

不求黄叶帮扶。

暖风一现起飞蝴。

杏李花开人慕。

蝶恋花·冬去春来（冯延巳体）

叶落山中君面乱。

垂柳孤单，翠鸟寻同伴。

飞雪改颜河谷浅。

根深冻土离寒远。

黑白空间生紫电。

春雨霏霏，一院千花宴。

蝴蝶翻飞桃树岸。

龙泉雾去来双燕。

醉花阴·三亚婚纱照（毛滂体）

三亚红霞朝影后。

光彩高天授。

清水翠蓝深，

乐在珊瑚，鱼尾摇纱袖。

海棠对照青山口。

笑吻端甜酒。

穿白戴红巾，

晃荡秋千，抱个金毛狗。

浪淘沙令·西岭雪娃（李煜体）

地上冻晶花。

高岭啼鸦。

团身紧裹戴红纱。

胖子白衫堆笑面，喜悦娃娃。

任意画眉牙。

土地安家。

雪多兄弟可添加。

春季暖风催水化，没了天涯。

风入松·君相思（晏几道体）

野兰开蕊暗幽香。

君思岷江。

叠云骤雨青城冷，

白浪桥头等花黄。

杯盏味儿消尽，

二人天地流芳。

离堆高阁望牛郎。

泪眼心伤。

游仙苏子追明月，

桂舟湖上水烟茫。

孤鹤随风展翅，

见今日出长阳。

风入松 · 飞红 <small>（晏几道体）</small>

岭西梅子出冬宫。

心有初衷。

海棠地上芽苞动，

雾浓身冷候晴空。

连日白头霜逼，

几番冰雨伤容。

卵虫还在冻深冬。

雪里眠熊。

东坡苏子虚心放，

踏平冈射虎开弓。

柳岸刮风云变，

暖春满地飞红。

满江红·风光好（柳永体）

走过寰球，山河壮，风光美好。

空客快，越洋飞渡，白云团皎。

六十身轻能学雁，

五洲天地亲环绕。

晚年月，当爱惜真元，无繁耗。

今朝日，橙色宝。

香院子，花园道。

自由沙滩畔，渡人舟巧。

西岭蔷薇遮别墅，

东方科技推新貌。

随喜来，雪发面从容，收鱼钓。

一七令·雪（张南史体2）

雪。雪。

舞飞，纯洁。

北家常，南少缺。

白絮飞聚，千山别热。

松花万朵仙，西岭鸦多舌。

天堂降下仙子，缥缈悠游盖辙。

冷凝冻地满园寒，风静夜明升皎月。

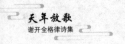

言志咏叹

朝中措·自勉（欧阳修体）

家园窗外屋檐红。

金色赶秋风。

辞别花园新桂，

育朱顶学飞鸿。

清茶拾慧，诗书博览，

一贯西中。

心静自成年少，

山人愿做天童。

雨霖铃·老乐（柳永体）

歌声高绝。

广场人散，舞曲刚歇。

今生日子多去，青春已逝，头丝如雪。

老友交相感慨，点茶话关切。

自爱好，身体安康，旅在西方晚年阔。

多忧气恼宜清热。

菊茶同饮过重阳节。

清晨睡醒何处，窗外绿，电梯宫阙。

放眼寰球，真实风光，美景增设。

办护照，行走飞游，尽管天天悦。

汉宫春·平愁（晁补之体）

走步中州，过黄山松险，瞻望苏丘。

乘舟岳阳入阁，无锡梅休。

长江悟水，问波涛，逝者何流？

云送客，莺鸣曲绝，周郎赤壁谁忧？

看遍万山花色，落叶归故土，可有心收？

人年老，天不老，去日难留。

风流散尽，春还来，又上花楼。

今晚酒，易安①古酿，举杯消渴平愁。

注：

①易安：指代词人宋李清照。

念奴娇·路（苏轼体）

知青五载，为农时，曾伴孤灯衔树①。

工厂破锅人走野，独领风霜无数。

时代风云，人民水土，

何谓乾坤雾？

龙场②明月，瑞莲开立新户。

五十陶令③芳华，光生菊圃，

阅尽文章库。

日日唱吟随意写，闲遛公园安步。

朱顶红开，夜来寿客，天籁情多赋。

宽心归老，晚年知道门路。

注：

①衔树：活用"衔木"。李白《寓言三首·其二》："区区精卫鸟，衔木空哀吟。"②龙场：王阳明龙场悟道。③陶令：陶渊明。

鹧鸪天·担心（晏几道体）

一曲青歌唱院中。

满池清水映残红。

气盛邪厉家生乱，

还剩工蜂屋落空。

初酿蜜，且从容。

几年恩爱意交融。

如今可把心儿照，

还怕亲疏苦幼童。

祝英台近·无猜（陈允平体）

等他来，冬月在，天地怪安排。

春旱消云，无露落花怀。

可挑碧水回庄，

滋心润面，清明后，妆上金钗。

上高台。

摇扇犹豫徘徊。

我花能几开。

儿小无猜，谁晓杏花开。

恨他怀蠢延迟，

乌云灰土，今年去，开窍才来。

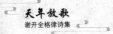

贺新郎·当过知青（叶梦得体）

睡醒无人语。

抱柴薪，乌烟眯眼，火烟飞舞。

皮破肩伤真心痛，家远孤身独户。

下田地，才知文武。

梦上青天追月兔，

望河边，隔岸红衣楚①。

留遗憾，没求诉。

牛郎情去苍茫路。

稻青天，金黄菜花，满头泥土。

风起尘埃谁如意，挑谷送粮入库。

一直望，冬寒秋暑。

苦尽知哥②回城了，

做工人，几度回乡顾。

谁笑我，勿忘故。

注：
①衣楚：衣冠楚楚。穿着鲜明、整洁。②知哥：男知识青年。

摸鱼儿·迷雾（晁补之体）

进公园，岸边高柳，条条垂下无误。

三湖水接宽如海，青鸭远飞难遇。

轻脚步。

放眼量，鸟人勿扰随心去。

无人上路。

碧草自由生，平铺绿道，小爱故乡土。

新桥拱，光照婚纱燕舞。

托身难料家苦。

和平安定成清福，谁爱柳街红圊。

花自护。

月如镜，齐眉举案相交许。

无情不语。

叹屈子风骚，江山依旧，山岭有迷雾。

水龙吟·冬遇（苏轼体）

龙湖边冷枯荷萎，光柳枝飘无力。

平原黄杏，东篱无趣，鹤来寻觅。

梅上枝条，幼芽暗聚，雪飘霜激。

走步过茗田，青苗绿碧，荒坡鸟惊飞急。

冬至闻鸡黑室。

夜寒冰手端蜂蜜。

雨滋楠木，千山浓黛，尘埃洗涤。

绕岸散心，友人桥遇，曲高吹笛。

唱山歌尽兴，黄昏更好，手牵回忆。

临江仙·恋 (牛希济体)

菊展东篱集聚人。

公园柳岸来宾。

清池锦鲤喜逢春。

黛山留影，多女子新闻。

高阁听歌鹦鹉叫，

红裙花蝶求真。

竹编摇扇扇飞蚊。

相牵君手，

可乐润双唇。

临江仙·冬（张泌体）

园中游客空悲切，

户门挂上巾棉。

风寒细雨湿云翻。

俏梅迎雪，流汗滴窗前。

千家室暖毛衣薄，

红姑弹指琴弦。

悲歌一曲哭秋蝉。

雅香退俗，身美舞天仙。

蝶恋花·三亚芳草（沈会宗体）

海阔蓝天高远淼。

大陆楼台，

双翼环山抱。

玉佛前头走平道。

天涯石岭寻芳草。

有缘见识无忧老。

碧水千村，

此处人儿好。

演出红娘舞姿俏。

风清绿叶春来早。

蝶恋花·天年（沈会宗体）

我喜樱桃君爱柚。

一曲山歌，约会黄昏后。

路上千花满园秀。

家中小草依然茂。

杜鹃四季芳菲久。

暖在春天，热饮青梅酒。

写意东湖鹤来候。

天年迈步逍遥走。

贺新郎·梅花遇（叶梦得体）

雪压黄梅栩。

俏人家，旭光笑日，独开无妒。

陶菊东篱重阳去，冬有锅庄跳舞。

锦水鲤，悠游寻哺。

翠鸟黄昏随月隐，冷寒生，母子亲情护。

天快晓，有言诉。

风筝断线飘江渚。

失牵连，天空地边，怅然忧路。

霜下江亭催春露，仙草独苗托付。

玉吐蕊，芳心再遇。

喜上游船千愁解，唱飞鸿，去了凡尘苦。

歌洒脱，打金鼓。

青玉案·知青回乡（苏轼体）

今春又上乡村路。

直平道，难安步。

地铁公交开到户。

北湖飞鹭，木兰寺下，旧日耕田处。

几年休学心生雾。

徒有斯文弄泥土。

汗雨盐衣^①知活苦。

冬寒霜过，一生勤奋，终有天年哺。

注：
①汗雨盐衣：汗如雨打湿衣裳，风吹干后，衣上出现盐迹。

青玉案·岁末思归 <small>（贺铸体）</small>

推窗独自忧浓雾。

想故土，无明路。

岁末明天谁目睹。

万家门里，热心团聚。

原是春归处。

停航留在红河渡。

隔断家人似孤鹜。

不问归来机上诉。

几年相恋，未能亲妇。

飞泪双倾注。

长相思 · 小船（欧阳修体）

花杜鹃。鸟杜鹃。

萍水相逢寻有关。

山头冷雾翻。

千枝莲。一枝莲。

同样闺情画彩颜。

风来催小船。

醉花阴·阿炳①二胡（毛滂体）

清脆二胡高疾速。

声急惊斑竹。

江水去流波，

映月孤寒，心冷寻梁祝。

炳无眼目沧桑哭。

松听昭君淑。

随大浪淘沙，

独奏龙船，告诉人生辱。

注：

①阿炳：原名华彦钧，盲，无锡二胡演奏家。现存二胡曲《二泉映月》《听松》《寒春风曲》和琵琶曲《昭君出塞》《大浪淘沙》《龙船》6首。曲名入词中。

渔家傲·忆刘勇①（晏殊体）

五十三年生日了。

崇州水道留文告。

初中下乡书读少。

工再造。

江河勘探成师表。

川大操场伤我眇②。

身高不会因人傲。

每想你兮风呼啸。

说你好。

无常道上歌青草。

注：

①刘勇：我小学及初中最要好的同学，水利勘探实验室工程师。53岁那天在崇州鸡冠山遇难。②伤我眇：眇，一只眼瞎。这里指失手砸伤我左眼，结果我因伤加重近视。

千秋岁·黛玉葬花（欧阳修体）

晃摇红影。

岭上飞桃杏。

落英盖地芳心冷。

咏诗花易落，孤坐无眠等。

太伤感，呻吟洁去如同命。

入土青灯映。

遗瓣呈灵净。

人快老，愁风劲。

幽独无温暖，香尽归西岭。

洒眼泪，忧愁玉碎伤林径。

千秋岁·孙悟空（欧阳修体）

老山松寿。

石块堆苔厚。

水帘洞里称王首。

日餐风雪露，西去唐僧救。

乱挥棒，无拘太甚依头咒。

火眼金睛透。

白骨妖姑诱。

鬼怪恶，求神佑。

师傅人情误，猴子天生斗。

玉佛净，观音殿上祈千手。

钗头凤·杜鹃鸟（程垓体）

重阳月。东篱别。

老桃黄叶秋霜绝。

虫已灭。无飞蝶。

鸟入园林，果红偷窃。

缺。缺。缺。

寒冬雪。冰如铁。

兽皮茅草团窝穴。

非亲鸠。泣何血。

呼叫儿归，过年啼热。

切。切。切。

菩萨蛮·老伴① (李白体)

梅兰竹菊樱桃柳。

平生最爱牵心走。

暮色上西楼。

伴君探夜幽。

放歌吟白首。

再饮青花酒。

湾水数风流。

鸳鸯无晚秋。

注：
①本词仄平用同一韵。